U0937882

田延友 著

只有当认知从“必须如此”

转向“可能如此”时，

答案才会成为照见生命的光束。

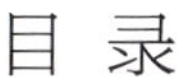

目 录

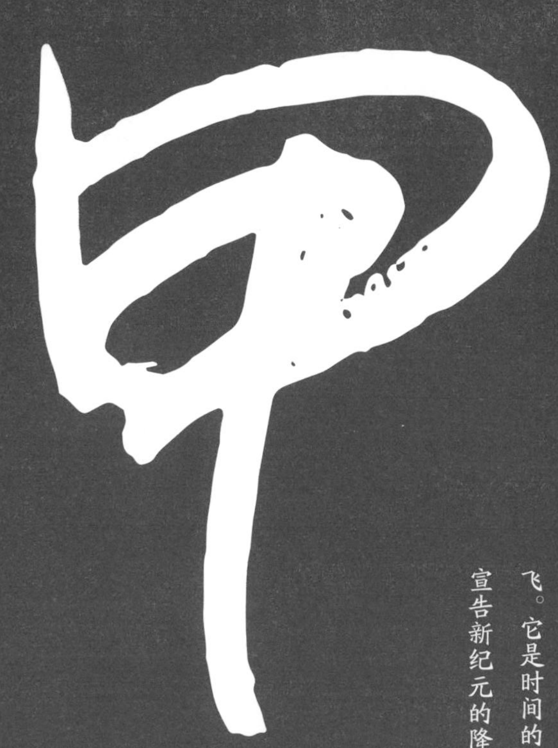

它是破晓前夜的第一缕晨曦，如新生凤凰，振翅欲飞。它是时间的先锋，以不屈之姿，撕裂黑暗的帷幕，宣告新纪元的降临。

我执，悲欣交集

心若被困，

世界亦随之狭窄。

往往蒙蔽我们双眼的并非假象，

而是执念。

答案本是明澈的溪流，

却会因为执念而成坚冰。

《赎罪》中，

布里奥妮用一生追索的“真相”，

实则是困在童年偏见的牢笼里自我审判。

当执念成为锁链时，

心中便会早已预设答案，

但只有当认知从“必须如此”转向“可能如此”时，

答案才会成为照见生命的光束。

羊群运动是指

一群羊在移动中形成的整体行为。

这种群体性迁徙能够抵御风险，

却抹杀个体独特性。

人群何尝不是如此？

为了融入群体中，

我们不可避免地修剪自己、隐藏自我，

磨平棱角。

我们以群体的名义放弃思考，

用点赞代替判断，

最终活成马尔库塞笔下“单向度的人”。

但在人群之中活成了一只羊的我们，

狂欢是否还有意义？

我在羊群中
看见众人狂欢

敬畏留白

中国水墨画的宣纸上，
墨色氤氲处总有大片留白。

道家“大盈若冲”的智慧在此显现：
真正充盈的生命，
必然留有容纳天地呼吸的间隙。

而真正深邃的认知，
恰在于承认认知的边界。

正如《论语》中所言：
知之为知之，不知为不知，是知也。
正是对无知的坦率承认，
才让我们避免成为“全知全能”的狂妄者，
而是做迷雾中手持火把的追问者。

捞月之时

执着圆满

身刹那完

的致敬。

并不必

只在躬

成对永恒

捞起月光，以示敬意

水中月光为虚，
却在人间折射出大千世界。

有人尝试捞起月光，
有人则瞧不起该行为。

捞月者明知水月镜花，
但其捞月时的俯身动作，
正是对天地的敬礼。

捞月之时，
并不必执着圆满，
只在躬身刹那完成对永恒的致敬。

就像苏轼夜游赤壁，
“取之无禁，用之不竭”的江月，
从来不是可占有之物，
而是照见“物与我皆无尽”的媒介。

救赎，痛并快乐

古希腊神话中，
普罗米修斯昼夜轮回被鹰啄食肝脏，
正是此句的最佳示例——
当凡人盗火的僭越之痛，
化作照亮人间的火种时，
剧痛便不再是惩罚，
而是觉醒的刻刀。

为何救赎会痛苦？

因其本质是旧我的世界轰然崩塌，
是允许自己在破碎中重生。

就像《肖申克的救赎》里安迪用锤子凿穿二十年的刑期，
每一下敲击都在剥落制度化的躯壳。

那些被痛苦灼烧过的灵魂，
最终会在灰烬里看见。

万事俱备，无问西东

人生是否要万事俱备再开始？

“万事俱备”的陷阱，
在于将人生异化为可计算的菜谱。

就像《海上钢琴师》里1900永远调试的琴键，
当他终于决定下船时，
却被“无穷琴键”的想象击溃。

而“无问西东”的真意在于承认生命的未完成性。

生命的奇妙，
正在于它是边下锅边调味的宴席。

当我们学会在不备中起舞，
西风东海，
皆是天命的指引。

不贰过

“不迁怒，不贰过”出自《论语·雍也》，
指既不会把愤怒发泄在别人身上，
也不会犯同样的错误。

如果不能从过去的生活中得到些教训，
历史则会不断重演，
出现“三过”“四过”“五过”，
在同一个问题上持续犯错。

只有透彻了解犯错之因时，
才能在下一次问题产生前完成规避。

被误解的自己

青铜器上的绿锈总被误认是瑕疵，
却不知那是三千年光阴的釉色。

自卑是缩小的镜像，
自负是膨胀的投影。

当自卑者困在“不够”的刻度里，
自负者陶醉于“过剩”的幻觉中时，
都却忘了生命本是流动的河。

所有对自我的误读，
本质都是用他人的尺子丈量自己的月光。

不卑不亢，
才是面对生活的最好答案。

一半玩笑，一半认真

“一半玩笑，一半认真”

是一种弹性生存法则，

让我们在荒诞与秩序间起舞。

生命像一根弹簧，

绷得太紧会断裂，

放得太松则会失去张力。

玩笑是对荒诞世界的温柔抵抗，

当命运露出獠牙时，

幽默感能化解存在性焦虑；

认真则是对生命尊严的坚守，

在无常中锚定价值坐标。

真正的人生艺术，

正是在于同时保持举重若轻的从容与举轻若重的敬畏。

人生百无禁忌

“百无禁忌”不是无知者的狂欢，
而是觉醒者的手术刀。

禁忌的悖论，
在于它既是枷锁也是镜子。

福柯笔下的“规训社会”，
用禁忌的刻度丈量人生；
当尼采喊出“上帝已死”，
他撕碎的不是信仰本身，
而是借禁忌之名的精神奴役。

百无禁忌，
恰恰证明人性中未被驯化的野性，
那是打破“应该”的勇气，
是拒绝活成标准答案的倔强。

成全自己，功德无量

萨特说“存在先于本质”，

意味着每个人都是自己的立法者。

自我成全是意识对自身的慈悲，

好比程蝶衣在空戏台扬起水袖时，

唱起《霸王别姬》

——这是他对“自个儿成全自个儿”最疯魔的注解。

原来真正的自我成全，

从来不是孤芳自赏，

而是以命为墨，

在历史的宣纸上写下“人”的筋骨。

人生无边，思域无界

生命的有限性，

更应令我们获得突破“应该”的勇气——年龄、身份、地域的边界，

人生的“边”永远在自我突破中溶解。

而认知的边界随使用而流动，

当我们用“可能性”替代“必然性”，

用“或许”解构“必然”，

思维便挣脱了主观带来的枷锁。

我们常困在“有限”的幻觉里，

用 KPI 丈量人生，

以学科划分思域。

但真正的自由，

是承认生命的本质是“完成”，

思维的宿命是“再出发”。

消灭问题，就不是问题

当问题涌现时，
逃跑者追逐“无问题”的真空，
留下者却看见存在的肌理——问题的存在，
恰是生命证明自身的刻度。

消灭问题，
并非是指让问题不再存在，
而是让问题从“必须解决的异物”，
转化为“构成自我的经纬”。

此刻，
问题便不再是刺，
而成为贝壳里的沙——不是被消灭，
而是在时间的沉淀中，
长成照亮存在的珍珠。

与智者同行，在问答间造物

当犹豫不决之时，
不如与有智之人交谈一番。

真正的智者从不是知识的容器，
而是思维的催化剂——当两种意识场相遇，
概念的边界开始溶解，
既保持各自的形态，
又共享温度的传递。

进化，
不是寻找答案，
而是成为彼此的问题——在持续的追问与重构中，
让思维的火种永远燃烧。

两个孤独的认知宇宙，
在此刻碰撞中诞生新的星辰。

“与群而不同见”撕开了群体共生的隐秘张力，
意味着在群体中保持独立思考，
不盲目随波逐流；
“于境而不迷性”则揭示了环境与本性的微妙博弈，
强调在面对各种境遇时，
能够坚守自己的本性和原则。

现代人常困于两极：
要么在群体中溺亡自我，
要么在独处时迷失方向。

而“不同见”与“不迷性”的智慧，
恰是保持主体性的呼吸术。

在群境的迷雾中，
不妨做一盏既照亮他人、又不被风吹熄的灯。

与群而不同见，
于境而不迷性

思想着陆，理想飞天

思考需要扎根于现实，
着陆并不是妥协，
而是维特根斯坦所言的“语言回到家”，
而“理想飞天”是精神的翅膀振颤，
在可能性的空域丈量永恒。

我们有时会困于两极：
要么在“脚踏实地”中沦为生存的侏儒，
要么“仰望星空”时迷失于概念的云海。

而“思想着陆，理想飞天”的智慧，
是在混凝土的缝隙里种一朵云。

世间哪有真理，其实都是拙见

人类思维永远摆脱不了个体的棱镜，
再普世的真理，
终究是某个视角的切片——
就像盲人摸象的寓言，
不是象的谬误，
而是触摸的诚实。

承认“拙见”，
是对认知谦逊的加冕。

当我们说“这是我的看法”，
实则在为真理保留呼吸的空间。

在真理都是拙见的语境下，
不妨闭起双耳，听从你心，
让我们信自己的真理。

自在，方寸之间

“自在”一词，
不仅仅指身体上的自由，
更重要的是心灵的自由与解脱。

当我们能够摆脱外界的纷扰与内心的束缚，
达到一种内心的平和与宁静时，
便实现了真正的自在。

“寸之间”在此刻不再是物理的牢笼，
而是意识觉醒的道场。

方寸之地虽小，
却能容纳无限的可能与智慧。

真正的自在其实就在一念之间。

人生刚好无偏旁

“人”字的两笔相撑，
无需依附任何部首。

甲骨文里的“生”字，
本是破土而出的草木，
没有任何辅助符号。

偏旁是社会约定的语法，
而人生的本质是跳出游戏的纯粹体验。

人生并非由外在的附加物或条件所定义，
它本身就是一个独立而完整的存在。

我们不是被偏旁定义的形声字，
而是自足的象形符号，
每个笔画都在书写未被命名的可能性。

它如蜿蜒河流，轻抚大地，以柔克刚，绕指成诗。它是生命的脉络，隐匿于万物之下，却以无尽的韧劲，滋养世间万物，演绎着「曲径通幽」的哲理。

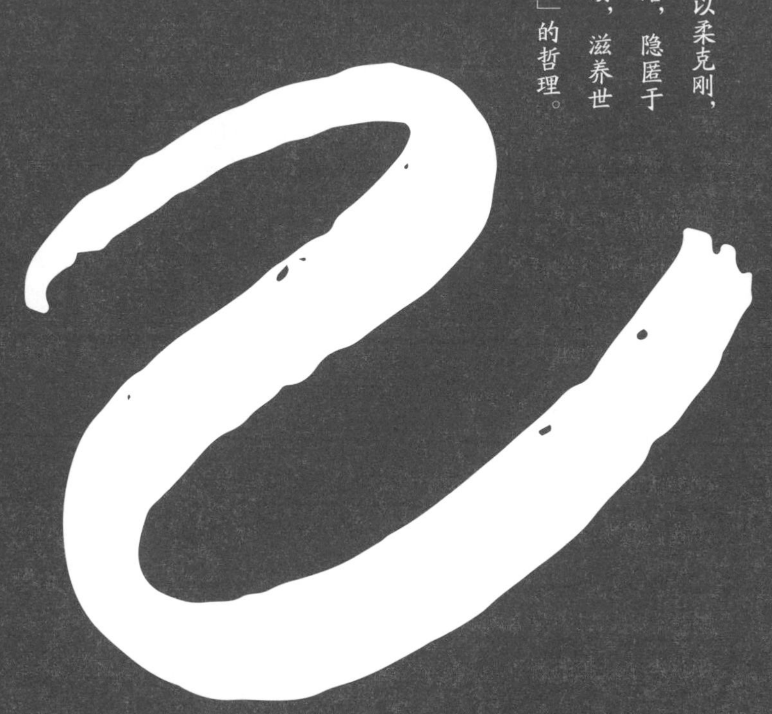

世界就是一个想法

世界是何种模样，

源于我们的认知框架。

我们以认知创世，

在思维的棱镜里折射宇宙。

这种认知的主动性，

让我们成为微观造物主。

当我们承认世界是流动的“想法”集合时，

便获得了破茧的勇气。

我们不必困在既有认知的茧房，

而能以更宽广的视角去认识和体验这个世界。

灵魂在低洼处

灵魂的高贵从不在云端，
而是在低洼处静默扎根。

低洼处的灵魂遵循着水的哲学：
至柔至刚，处下而纳百川。
它并不是失败，
而是对“向上”执念的解构，
在重力的尽头，
灵魂找到了无需踮脚的自在。

人类群星闪耀时，
千万灰尘同样宝贵。

当我们在低洼处蹲下来时，
会发现在泥土的芬芳里，
藏着比星空更璀璨的精神高原。

每个人的“画风”都是潜意识的指纹
——有人用超现实的碎片拼贴，
有人以水墨的留白隐喻。

其风格、色彩和构图都由自己决定，
不受外界框架的限制。

而我们每个人都处在独特的时区：
你的深夜可能是他人的黎明，
你的幻梦或许藏着未被命名的美学。

当我们学会像游牧民族那样，
以内心的季节迁徙，
而非钟表的数字，
便能在自我定义的生物钟里，
长出自由的年轮。

我的幻梦，
按照我的画风。
我的时间表，
定义我的生物钟

众生不是
无数个平
在晨光里
暖的光晕

他者，是
亍的自己，
重叠成温

一笔开江山，天地任我行

当毛笔触纸的刹那，
墨痕撕裂空白，
这一笔不是对现实的临摹，
而是主体向世界抛出的锚，
天地不再是客观的容器，
而是随主体运笔起舞的精灵。

我们被困于“完美构图”的焦虑里，
迟迟不敢落下第一笔。

但真正的江山，
从来生长于不完美的笔触之间，
天地的边界，
本就是由每个勇敢的“第一笔”定义的。

我本众生，当下是福

何为众生？何为我？
地铁里闭目养神的老人，
行道树新抽的嫩芽，
秋日堆积起来的枯叶——“我”都是众生的切片。

众生不是他者，
是无数个平行的自己，
在晨光里重叠成温暖的光晕。

“当下是福”的妙谛，
在于刺破时间的虚妄。

我们总在追赶未兑现的承诺，
懊悔已流逝的选择，
却忘了此刻呼吸的重量。

每个当下都是绝版的相遇，
连焦虑本身都是鲜活的证据。

落子无悔华年

围棋盘上的星位，
恰似人生的十字路口。

棋谚说“弃子争先”，
我们总在取舍中丈量华年的重量，
有时看似失去一隅“实地”，
却在岁月里长成支撑全局的“外势”。

真正的无悔不在于完美计算，
而在于落子时的专注。

那些曾以为的“错着”，
早已化作生命的劫材。

青春的无悔，
从来不是步步为营的算计，
而是敢在棋盘落满白子时，
依然相信黑子能走出新天地。

背后江山辽阔，前面天高水长

现代人常困在“未完成”的焦虑里，
却忘了水的智慧：
绕过九十九道弯，
自有入海口的辽阔。

我们总以为告别是失去，
却忘了每段时光都在骨骼里刻下经度纬度，
让后来的风穿过时，
能听见岁月的回声。

正是过往经历与成就构成了我们宽广与深厚的“江山”，
让每个昨天，
都成为托起明天的波浪。

来时路上，别有风光

每个人的生活都是一条独特的道路，
而在追求目标的过程中，
往往会忽略那些沿途的美好。

我们总以为在奔赴远方，
却不知每个未被珍视的瞬间，
都在记忆的暗房里悄悄显影。

可能是一份简单的快乐、一次意外的相遇，
或是内心深处的一次触动。

当我们放慢脚步，
用心去感受，
就会发现那些平时未曾留意的“风光”。

自在，独行四方

“自在”一词，
意味着不受外界干扰，
按照自己内心的意愿去生活，
这种自在，
不仅仅体现在身体上的自由，
更在于心灵的释放和思想的开阔。

自在的本质，
是在解构“我们”的叙事后，
重建“我与万物”的直接联结：
就像王维在辋川独钓，
钓竿垂落的不是鱼线，
是切断世俗坐标系的手术刀。

而独行，并非孤独，
而是一种自我发现与成长的旅程。

“形影观照”描绘的是个体与自身影子相互映照的场景，
象征着内外在自我的对话与审视。

这种观照，既是对外在行为的反思，
也是对内心世界的探索，
体现了自我认知的深度与广度。

“自团圆”则寓意着内心的和谐与统一。

当个体的行为与内心信念相一致，
当外在表现与内在情感相协调，
便达到了自我圆满的境界。

这种团圆，不是形式上的聚合，
而是心灵深处的宁静与满足。

当不知道答案时，不妨问问你心。

形影观照

自团圆

既然人生辽远，值得轻言细语

人生广阔与深远，
它充满了无数的可能性和未知的旅程，
但我们习惯用 KPI 标记人生进度，
却忘了苔痕在青砖上生长一厘米需要整个春天。

人生不是必须狂奔的赛道，
而是需要俯身倾听的溪流，
当我们以一种温柔、细腻的方式去感受、去体验、去表达时，
这些轻言细语的温柔便会成为丈量生命长度的软尺。

世界那么大，不也遇见你

“世界那么大”象征着无限的可能与广阔的人生舞台，
每个人都在其中寻找着属于自己的位置。

世界广袤，
但原来所有的远行，
都是为了在某个瞬间，
与被岁月折叠的自己相遇。

世界从不是异乡，
我们终其一生都在与无数个“本来的自己”擦肩而过，
那些被遗忘的瞬间，
都是灵魂写给此刻的情书。

插不上话的时代，来说两句

在喧嚣的时代背景下，
信息爆炸、声音嘈杂，
个体的声音很容易被掩盖。

然而，
正是这种环境，
更加凸显了发声的必要性。

因为每一个声音，
都是对这个世界独特视角的呈现，
是对多样性与包容性的丰富。

那些卡在喉间的“我来说两句”，
不是缺乏表达的勇气，
而是拒绝成为数据洪流中的标准化零件，
正以最笨拙的姿态，
重申着人之为人的特权。

行致远，必归来

远行，

是探索未知、追求梦想的旅程。

它让我们走出舒适区，

拓宽视野，丰富人生经历。

然而，远行的终点并非逃离，

而是为了更好地回归。

这里的回归，不仅是地理位置上的重返，

更是心灵与精神的归宿。

无论走得多远，

最终都要回归初心，

找到属于自己的根。

最远的枝丫始终指向根系的方向，而根系的延展，

恰是为了让天空的倒影在年轮里更加清澈。

起舞，是自我释放、自由表达的方式。

它不仅仅是身体的舞动，
更是心灵的飞翔，
是对生活热情的抒发。

在此刻，我们与内心的自我对话，
感受生命的律动。

我们的每一个动作、每一个想法，
都在与世界产生着互动。

起舞，就是与世界进行最直接的沟通，
向世界展示自己的情感和态度。

唯有与世界真诚地交流，
我们才能真正地融入这个世界，
感受到生命的无限可能。

我起舞，与世界相连

平视这个世界

平视不是物理上的角度，

而是存在的语法——当我们不再以俯视的姿态给世界贴标签，

不再为万物贴上仰望的滤镜，

此刻的我们便回归到本真。

梅洛·庞蒂说“世界的可见性栖息在我的可见性中”，

当我们不再用“征服”或“臣服”的语法书写关系，

便可认识到我们从不渺小，

因为每个喷嚏都在扰动银河系的磁场。

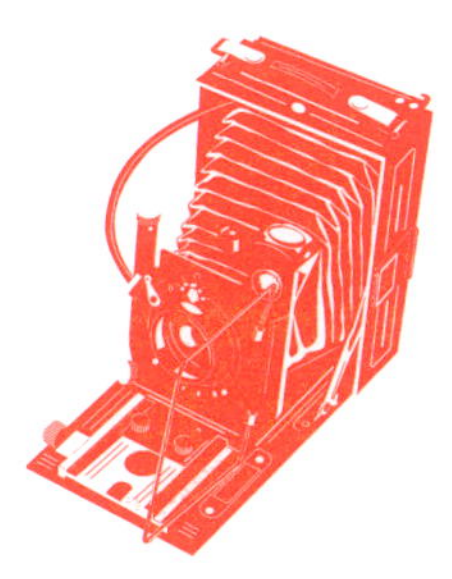

前方高能

在人生的道路上，
我们时常会遇到未知的挑战，
它们如同高能的障碍，
考验着我们的勇气、智慧和毅力。

然而，
正是这些挑战，
塑造了我们的坚韧和成长，
让我们学会了如何在逆境中寻找希望，
如何在困境中发掘潜力。

同时，
“前方高能”也预示着人生中的宝贵机遇。

它们可能带来突破性的成长，
也可能开启全新的人生篇章。

说不定你的人生，
正在经历“前方高能”。

TAKE
SCENE
CUT
ROLL
DATE
PROD.CO
CAMERAMAN
DIRECTION

有无之间，不也妙哉

达·芬奇《蒙娜丽莎》嘴角那抹未完成的微笑，
贝多芬《月光曲》休止符间的寂静，
都在证明艺术的灵魂往往诞生于虚实交界处。

在人生的旅途中，
我们常常在“有”与“无”之间徘徊。

正如《道德经》中所言：
“有之以为利，无之以为用”，
在“有”时保持谦逊，
在“无”时保持坚韧，
而介于有无之间的震颤，
才是生命最鲜活的呼吸。

人是精神作物

人不仅仅是肉体上的存在，
更是精神上的创造者和体验者。

人的精神成长和发展，
就像农作物一样需要阳光、水分和养分。

有些养分可能来自知识、经验、情感交流、艺术创作等多种方面。

通过不断地吸收这些养分，
人的精神得以茁壮成长，
达到更高的境界。

人作为精神作物的终极荣耀，
不在于果实的甜度，
而在于在静默中生长。

它是烈烈炎阳，高悬天际，以光为剑，斩断阴霾。它燃烧着炽热的希望，如勇士之魂，驱散虚伪与冷漠，照亮灵魂的征途。

通达之后，万事自有答案

困境中的突然释然，
不是解决问题，
而是视角转变，
许多原本看似复杂或无解的问题，
都会自然而然地找到答案。

比如迷路时的山穷水尽，
突然登顶后的视野开阔，
答案自现。

在人生语境里，
恰是那些“山重水复”的时刻，
正在为“柳暗花明”积蓄压强。

当我们不再执着于“找到”，
当认知突破三维局限，
答案会以蝴蝶振翅的方式，
在心灵山谷掀起顿悟的飓风。

“拙”在常人眼中或许意味着不精、不巧，
但大智若愚，拙中藏巧。
在追求技艺或学问的道路上，
起初的笨拙与不完善，
正是通往精通与卓越的必经之路。

出手得见山外山的刹那，
会突然看懂：
那些被嫌弃的笨拙，
原是存在的显影液。

拙不是终点，
而是让万物保持生长张力的原始势能。

出手，既是终点，
亦是群山之外的起点。

出手

得见山外山

路上见高天

人生如路，
不是预设的等高线，
不要因眼前的困境或未知的未来而犹豫不决，
所有关于“高天”的想象，
都始于足下的第一步笨拙。

只有勇敢地迈出步伐，
才能逐步揭开生活的面纱，
看见更高更远的天际。

就像莫高窟的飞天，
衣袂的飘向从来不是预先设计，
而是画工在洞窟微光里，
随着手腕的颤动，
捉住的风的形状。

世间无孤岛，心中无荒原

没有任何一个人是完全孤立存在的。

我们总是与他人、与社会有着千丝万缕的联系。

我们恐惧的“孤岛”，
不过是宇宙为了让我们听见彼此的心跳，
故意留出的呼吸间距。

即使身处逆境，
即使面对孤独与困苦，
只要心中充满阳光、希望和信念，
那么我们的内心世界就永远不会变成一片荒芜。

“荒原”，实则是意识等待觉醒的共生林。

迷失方向时，向前是唯一方向

在最不确定的时刻，
需要迈出步伐向前看，向前走。
停滞不前只会更加迷失，
而向前则有可能找到新的出路和机遇。

庄子说“道行之而成”，
迷失时地向前，
本质是存在对自身的忠诚——当方向感坍塌为废墟，
身体的惯性便成为最诚实的罗盘，
它用每道足印宣告：
生命的意义，
不在抵达某个点，
而在拓印星轨的过程中，
让混沌听见自己的心跳。

真正的

是罗盘的

在我们打

性的勇气

南方” 不

指向，而

破认知惯

性。

于趣味中，生命静静拔节

生活，

本是一场丰富多彩的旅程。

而“有趣”，

则是这场旅程中的调味剂，

它让平凡的日子变得生动，

让单调的时光焕发光彩。

当我们以一颗好奇和探索的心，

去发现、去创造生活中的乐趣时，

生活便不再只是简单的生存，

而是变成了一种享受和升华。

当我们将生活视为可互动的戏剧而非既定剧本，

每个瞬间都能点亮认知宇宙。

到南方，感受南风

南方，
常被赋予温暖、湿润的意象，
而“南风”，
则是这片土地上最为温柔的呢喃，
它带着海洋的咸香、山林的清新，
轻轻拂过每一寸土地。

南风不仅可以是地理概念，
也是生命蜕变的催化剂。

真正的“南方”不是罗盘的指向，
而在我们打破认知惯性的勇气里。

所有的远行都是为了与某个湿度重逢，
找到那个会呼吸的、液态的自己。

尚未定义，无需打开

人生的长河，
充满了未知与变数。

正如一个尚未定义的盒子，
我们不知道里面藏着什么，
但这正是生活的魅力所在。

老子言“道常无名”，
正因未被概念束缚，
方能在《道德经》中流淌出万千释义的江河。

而那些“尚未定义”的混沌，
原是存在赠予的礼物——
它让我们的生命始终保有寒武纪的野性，
在可能性的悬置中，
生长出超越任何定义的、属于自己的宇宙。

乘物游心

乘物以游心，
出自庄子的《人间世》，
强调顺应万物，
心灵自由。

“乘物”意味着顺应自然与社会的规律，
不强行改变，
而是以一种平和的心态去接纳和适应。

而“游心”，
则是指心灵的自由与无拘无束，
不为外物所累。

面对这个世界，
不妨以“乘物游心”的态度来面对，
在顺应与自由之间找到平衡。

历史在现场

历史并非遥不可及的过去，
而是与我们当下的每一刻紧密相连。

它从不沉睡于档案，
而是活在我们每次呼吸的震颤中。

每一次的选择，
都是对自我历史的延续与书写。

在历史的现场，
我们既是见证者，
也是参与者。

而我们选择的每个瞬间都将成为历史的细胞。

“以后”常被视作一种心理慰藉，
却也可能成为拖延与逃避的借口，
构成了一种隐形的“骗局”。

它用虚假的确定性，
掩盖了每个当下都是唯一的瞬间。

当我们在地铁里刷着“等有空再读”的电子书，
在健身房想着“下周开始减脂”，
这些被推迟的瞬间，
终会在某个凌晨反噬——就像厨房的咖啡机，
当某天终于洗净，
会发现滤网里沉淀的，
是十年前就该沸腾的勇气。

『以后』，是人生最大的骗局

造所在，以寻自在

“造所在”，
意味着主动创造属于自己的空间与环境。

这不仅仅指物理上的居所，
更包括心灵上的栖息地。

自在，
是一种内心的平和与自由，
是摆脱外界纷扰、回归本真的状态。

造所在的刹那，
突然懂得：
自在从不在远方，
它就在当下的每个选择瞬间，
当下的做法是否令你离自在更近？

选择即答案

“选择即答案”的深意，

在于人生不是非黑即白的判断题，

而是持续作答的填空题，

所做的每一次选择都是在人生这份答卷上进行书写。

更动人的是答卷的未完成性，

我们终其一生都在填写一份没有标准答案的问卷，

每个选择都是年轮的刻刀，

把“我是谁”的命题，

写成不断生长的立体诗。

每次按下人生选择键的瞬间，
宇宙便悄然分裂出无数可能性的副本。

这些细微的选择如同树状图的枝丫，
在时间的维度展开成截然不同的命运森林。

但生命并非需要遍历所有副本才能完整，
真正重要的不是选择创造了多少宇宙，
而是每一次抉择都让当下的时空获得唯一性的重量。

那些未被体验的可能性，
终将成为你所在宇宙背面的星轨，
以暗能量的形式滋养现实世界的独特性。

每次抉择
都在创造平行宇宙

真相是千万面镜子
同时碎裂

当认知的棱镜撞向现实，
每个碎片都诚实地折射出不同切面。

别总试图拼凑完整镜像，
却忘了自己的瞳孔也是变形的棱镜。

真正的清醒就在于承认每个镜像都携带局部真实。

承认没有容器能盛装绝对真相，
才能在碎镜互映中看见世界的终极魔术——
所有矛盾的光斑，
最终在万花筒深处达成璀璨的和解。

年轻时，
放任可能性横冲直撞的勇气，
会在岁月里结晶成辨识真我的棱镜。

中年时，
当现实开始修剪你的枝蔓，
真正的成长不是强求完美剧本，
而是学会把改道的计划写成新的导航仪。

当白发成为时光的留声机唱针，
终会明白：
人生没有标准节奏，
快慢都是自己的史诗。

不必追问此刻演奏的是哪一章，
所有音符的价值，
在于它们始终以心跳为谱系——
或许不够完美，
却足够真实。

人生：狂想曲、变奏曲、进行曲

芬芳一刻，限时美丽

樱花七日、昙花三更——
自然早已写下答案：
最璀璨的美往往标注着保质期。

人们总想用相机定格芬芳，
却不知正是倒计时的存在，
才让相遇成为不可复制的神迹。

那些限时供应的芬芳时刻，
像流星划过意识的夜空，
短暂灼亮却永远改变我们仰望的姿势。

不必遗憾花期短暂，
当你学会用整个灵魂在场，
刹那的震颤会在心壤埋下种子，
在往后的岁月里长成永不凋零的月光。

唯有此刻是生活

真正的生活只在呼吸之间——

咖啡漫过杯沿的弧度，

键盘敲击时指尖的震颤，

甚至发呆时窗帘被风掀起的褶皱。

这些未被标注价值的瞬间，

才是时间真正的骨节。

当你停止用过去和未来给此刻称重，

秒针的嘀嗒声会突然放大成心跳的轰鸣。

原来不需要追逐永恒，

每个彻底在场的刹那，

都在把“活着”这个词擦得闪闪发亮。

念生即做，用力即差

有一种双重困境：

要么在“准备完美”的借口里错失行动契机，

要么在“拼命努力”中扭曲了事物自然生长的脉络。

然而，

真正的实践艺术是像晨雾散入山林般行动——

念头初生时轻盈出发，

过程中保持水分子般的渗透力而非凿岩般的蛮劲。

当写字不再苛求笔锋完美，

对话不再排练每句台词，

反而能在松弛中触达本质。

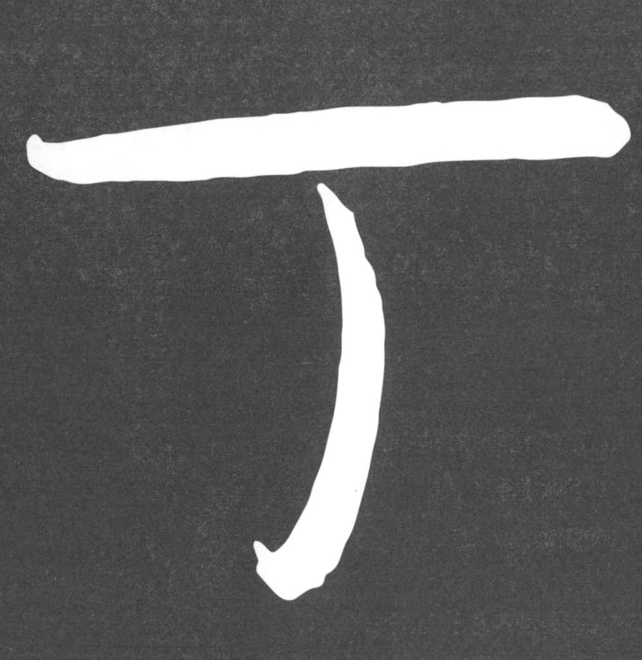

它似夜空中最微弱的星光，孤独而坚定，以光芒点亮归途。它是凡尘中的守望者，虽小却亮，用微弱的力量，对抗无边的黑暗，守护着人间的温暖。

眨眼之际，万物已是新生

每次眨眼都是生命的刷新键——
前一秒的咖啡凉了半度，
手机屏幕跳出新消息。

我们总以为世界是连续播放的电影，
其实它更像不断更新的网页：
每个瞬间都有未被加载的可能性在后台运行。

那些没说出口的话、没走的路，
其实在另一个版本的现实里依然生长。

不必纠结错过什么，
因为每个此刻都包含着所有可能的种子。

真正的自由，
是接受每个此刻都是平行世界的唯一入口。

不可说

有些事物天生抗拒被言说：

母亲凝视婴儿时的眼神，

深夜耳机里突然击中你的某段旋律。

语言像把钝剪刀，

总会把完整的感受修剪成规整但失真的标本。

这不是语言的缺陷，

而是提醒我们：

人类还有更古老的交流方式。

不如承认——真正重要的东西，

往往在解释开始前就已经完成了传递。

学会在静默中聆听，

那些“不可说”会自己显影成心跳的共鸣。

不认输 就不算失败

失败从来不是某个客观存在的终点站，

而是内心裁判吹响的哨声。

那些被外界定义的“败局”，

在倔强者眼中不过是需要升级补丁的程序错误。

记住：

只要保持向前的势能，

所有摔跤都只是调整重心的支点，

所有暴风雨都是更新认知的安装包。

胜负的判决书，

永远攥在不断重启的自己手中。

当考官用

唯一正确

活的考卷

开放式命

红笔圈定
解时，生
早已写满
页。

慢半拍

当整个世界在效率的传送带上狂奔，
你的迟疑不是故障，
而是未被格式化的清醒。

慢半拍不是追赶不及，
而是主动解除了与社会时钟的绑定——
像老式挂钟在电子时代坚持自己的嘀嗒声。

那些被快进键跳过的空白帧里，
藏着你与真实自我的私密对话。

允许自己偶尔掉队，
恰恰是夺回了定义生命节奏的主权：
重要的不是同步所有人的秒针，
而是找到让心跳安稳的专属时区。

答案仅供参考

当考官用红笔圈定唯一正确解时，
生活的考卷早已写满开放式命题。

参考答案存在的意义，
不是要你复刻别人的解题路径，
而是提醒你：
每个问题都有未被印在教辅书上的隐藏维度。

世界正在奖励那些把“参考答案”当跳板而非终点的人，
因为所有颠覆性突破，
都诞生于对标准答案说“或许还有另一种可能”的瞬间。

世界在这里闪光

真正的光芒不在远方史诗里，
而在你此刻触碰的日常褶皱中：
教师晚归时亮着的灯，
程序员在代码里嵌入环保算法，
甚至是你在快递员汗湿的背影后轻声说“谢谢”。

这些未被算法推荐的温暖，
正在重构光的本质。

世界不会因某个伟人突然璀璨，
却会因无数微小善意的量子纠缠，
将黑暗分解成黎明的养分。

唯一的纯真
是不思考

思维惯性像滤镜，

让我们习惯用已有的概念去“翻译”世界。

真正的纯真认知，

是暂时关闭这个翻译器——当你不给事物贴标签、不分析关联时，

反而能更完整地感知它本来的样子。

这不是否定思考的价值，

而是揭示：

过度依赖既定思维模式会遮蔽事物的新鲜性。

保持这种“认知留白”，

其实是给直觉和潜意识腾出空间，

让大脑用更本真的方式与世界对话。

出路，在放下过去之时

过去是座用记忆搭建的桥，
人们总在桥上来回踱步，
却忘了对岸早已升起新的太阳。

放下的不是记忆本身，
而是反复摩挲记忆时结成的茧——
那些板结的认知外壳，
会钝化触摸新生的指尖。

放下的过程，
就是把钟摆从过去的回声里拔出来。

当停止用昨天的标尺丈量明天的土地，
未被丈量的荒野才会显露出自己的经纬。

那些真正属于你的，
终会以另一种形态归来。

改变世界不是推翻高墙，
而是转动内心的门轴。

每个人都是世界的棱镜，
你对待事物的角度决定了折射出的光芒颜色。

当抱怨环境污浊时，
不妨先看自己眼里沉淀着多少灰尘——
暴戾者会激发出更多敌意，
从容者能化解钢铁般的矛盾。

你对待生活的方式，
就是世界对待你的镜子。

当无数个“我”同时擦拭自己的镜面，
倒映出的便是焕新的时代。

世界的棱镜，
是你内心的颜色

无趣之处就着色

无趣是感知力的休眠——
当人用旧脚本反复预演生活，
世界便褪成乏味的背景布。

真正的着色不在涂抹表象，
而是以凝视为笔锋，
在庸常的褶皱里刻下光的刻痕。

那些被称作无趣的荒原，
实则是未被认领的空白画布——
每一次驻足凝视，
都是向宇宙借来颜料，
在永恒与刹那的交界处，
画下独属自己的星轨。

着色者终将发现：
乏味是未拆封的邀请函，
而自己是光的同谋。

择必有憾

选择是自由的具象化，
每个决定都在切割生命的无限可能。

遗憾并非选择的失误，
而是存在深度的证明——
唯有能感知失去的人，
才真正拥有选择的重量。

当人学会将遗憾转化为认知的棱镜，
所有未被实现的可能都会折射出新的光谱，
照亮脚下独一无二的征途。

接受选择的不完美，
恰是对生命神圣性的终极致敬。

世无真相，唯见视角

世界并非拼图缺失了真相的碎片，
而是所有碎片本就来自不同的拼图。

牧羊人眼中的青草，
地质学家看到的岩层，
飞鸟感知的气流，
都是同等真实的切片。

正是视角的局限性成全了存在的丰盛，
就像单声道录音永远无法复现森林交响曲的全频振动。

而智慧就在于让不同视角在意识中共振。

每个视角都是真理的侧影，
所有侧影组合成敬畏的圆周率。

此书是一枚抛起的硬币

书籍是作者与读者共同书写的信笺，
每个字都是未凝固的墨水。

当思想跃出纸页的瞬间，
它就脱离了单一定义——
正如历史长河里的经典，
总被不同时代的手重新抛光，
折射出新的光芒。

阅读的本质是动态诠释：
读者携带自身经历的解码器，
在字里行间破译出独特的频率。

书的生命力恰在于这种未确定性：
它拒绝成为封存的标本，
始终以半开之姿等待碰撞。

或许当你打开书的那刻，
心里就已有了答案。

别让世界给你染色

“染色”是生命最温柔的暴力——
世俗用期待编织滤网，
将我们浸润在约定俗成的色盘中。

有人活成变色龙，
有人将灵魂抵押给消费主义，
但真正的清醒者像深海盲鱼，
在信息洪流中保持视觉澄明。

他们懂得：
自我底色不是顽固执念，
而是过滤喧嚣的认知屏障。

这个时代最大的勇气，
不是对抗世界，
而是允许千万种色彩流过自己，
却始终记得让自己的心透明。

盲盒人生

当代人把期待折叠成小方块——

将那些尚未拆封的社交关系、职业转折与人生际遇，

塞进每个未知的明天。

我们逐渐习惯用拆盒心态面对世界：

不执着预设答案，

却享受拆解过程本身的光泽。

当所有不确定性化作掌心的纹路，

方知人生最珍贵的隐藏款，

原是那份永远敢于拆开未知的勇气。

毕竟生活从来不是盲盒，

而是我们亲手包装的、送给未来的礼物。

痛苦是追求错误的赠品

我们常把痛苦归结为“不够努力”，
却很少质疑方向本身。

真正的成长不是咬牙硬撑，
而是停下脚步重新校准：
这个目标是否滋养我的生命力？
这个选择是否让我发自内心舒展？

痛苦不是成功的代价，
而是错位的信号灯。

允许自己撕掉错误的考卷，
那些灼烧感会自然冷却成重新出发的勇气。

人生最珍贵的清醒，
是发现赠品过期时，
果断停付代价的决断。

想法是个不冻港

现实的风雪常在认知海域筑起冰墙，
但真正的思考者懂得在颅内养护一片不冻港——
这里没有季节审判，
思维的潮汐永远裹挟着星光。

当外界喧嚣试图冻结可能性的航道，
那些未被驯服的念头仍在策划着隐形航线。

冰封不会成为宿命，
每个质疑都能融化三尺冻土，
每次想象都在重构冰层的裂缝。

不系舟

庄子笔下的不系舟，

在数字洪流中进化成更轻盈的形态——

它可以是朋友圈不定位的旅行，

简历里不填写的空白年，

或是深夜街头突然转弯的脚步。

这个时代擅长用算法锚定每个人的轨迹，

但总有人故意松开生活的缆绳，

让命运顺着意识流漂向意外的支流。

真正的自由不在反抗所有束缚，

而在认清何处必须系缆、何处应当放任的智慧。

人不是万物的尺度

我们习惯用人类的标准丈量一切：
用功利主义切割自然，
用道德框架审判生命规律，
用短视的得失丈量永恒。

这种以自我为中心的丈量，
实则是给万物套上无形的枷锁。

真正的文明觉醒，
是承认人类并非地球的主宰者，
而是生态链中普通却重要的一环。

当我们从征服者变回学习者时，
才会发现：
谦卑不是软弱，
而是解锁生命奇迹的终极密码。

它为大地之脊，厚重如山，静默无言，却承载着万物的重量。它是守护者的化身，以土为甲，抵御风雨，用沉默的力量，诠释着责任与担当。

生活像极了生活

生活最狡黠的智慧在于它永远在自我证明——
水面如镜，
映照着天空的模样；
年轮似笺，
镌刻着树木的时光。

人们徒劳地为它贴上意义标签，
却始终追不上它自我消解的节奏：
刚完成的定义总被新涌动的现实解构，
精心搭建的框架总被偶然性凿出裂缝。

在这场无限逼近本质的追逐里，
真正的顿悟发生在承认追逐本身即是答案的瞬间。

别试图解释世界，
而是成为世界微不足道却无可替代的逗号。

枝丫的宿命不是成为主干，
而是在分叉中完成对天空的素描。

有人向阳疯长成张扬的绿云，
有人向下垂落成藤蔓的诗行，
但所有弯曲都藏着年轮加密的生长密钥。

所以，
不必羡慕笔直的杉木，
那些看似无序的旁逸斜出，
也同样在拓展着整片森林的生存维度。

当我们停止比较年轮的疏密时，
才会发现：
所有枝丫都在共享同一根系传递的月光，
而春天永远从伤口处重新分配生长素。

每道枝丫的伤口，
都是春天的入口

观自在

“观自在”不仅是佛教的智慧，
也是一种心灵自由的状态，
与思考使灵魂自由的理念不谋而合。

灵魂的自由不在远方，
而在每个“观照—思考—觉察”的轮回中，
让重复的日子长出新的枝丫。

“观自在”的终极慈悲，
在于让我们在人生的平行宇宙里，
既看见未选择的荒原上盛开的格桑花，
又珍惜脚下土地里钻出的野蕨。

那些被观照过的抉择，
无论对错，
都已化作掌纹里的河流，
流向名为“自洽”的海洋。

那些独行

不是逃离

懦，而是

根的深呼

的时刻，

人群的怯

让生命扎

。

色空性空谁能五蕴空，
曾经多少风景，
也有云淡风轻，
偏要不解风情与你漫步风中。

着落凡情入风影，
何去何从似风筝。

惹眼处多少风尘，
酒醒后几缕风声。

幡动 风动 你懂我心动，

山峰 无峰 你在念成峰

无论是年老之人还是年轻人，
在漫漫人生路中，
最大的智慧就是要学会放手。

宇宙间万物皆有灵性，
而“慈悲”则是连接人与神、人与万物的桥梁。

只有认识到真正的“神”其实是每个人内心的自我，
回归本心，
以开放包容的心态接纳万物，
那么面对生活的种种问题，
自然能找到最恰当的答案。

先生　后生　般若　要放生，

神灵　生灵　慈悲　就显灵

一把年纪的孩子

小时候长在一个村子，
屋后面是一片林子，
怀念小溪里的沙子，
可爱无知和幻想，
都能装进可以漂流的瓶子。

太短了，
阳光灿烂的日子，
遇到了一个叫作城市的名字，
奔跑着把自己变成勇敢的疯子。

在无助时，
才想起小时候的影子。

又是熟悉的一天啊，
离开位子，坐着车子，
回到房子。

看你开心的样子，
就这样一起老去吗？

其实我们都是一把年纪的孩子。

自在独行

这是一种超脱于世俗束缚，
遵循内心指引，
勇敢走自己道路的生活态度。

人生最珍贵的修行，
是在早高峰的地铁里保持内心的旷野，
在家庭聚会的间隙守住灵魂的留白。

那些独行的时刻，
不是逃离人群的怯懦，
而是让生命扎根的深呼吸。

当我们学会与自己的脚步声和解，
每个独行的褶皱里，
都藏着整个宇宙的回声。

我的忧伤被看成了欲望，
映照胸膛换算成了梦想。

纵有神游千年的力量，
想的还是老家老酒老地方。

看一眼这泛黄的篇章，
是世界经过你的影像，
还是写我自己的过往，
其实都一样。

在外面的世界里示弱，
在孤独的生活里逞强

蝶被当成孽障，那又何妨？
在往返于现在与过往的过程中，
我们既经历了繁华的盛景，
也遭遇了苍凉的低谷。

有时，
即便我们勇敢地破茧成蝶，
追求蜕变与成长，
却也可能遭遇误解与非议，
被视为“孽障”。

但真正的倔强，
不在于外在的抗争，
而在于内心的血性与坚持，
是那份撑住脊梁，
不向命运低头的勇气。

人生哪有什么破茧成蝶的玄幻，
不过是被生活按在地上摩擦时，
咬着牙说“再来一次”。

往返现在和过往，
走进繁华与苍凉，
破茧成蝶

在人生的旅途中，
每一次选择都如同岔路口，
引领我们走向不同的未来。

而那些夭折的梦想，
正是在某个时刻未能坚定选择、勇敢追求的结果。

它们不仅仅是未实现的愿望，
更是对自我潜能的一次次放弃。

但正是这些遗憾，
构成了我们成长的轨迹，
让我们更加珍惜眼前的每一个选择。

面对人生新的岔路口，
别再让梦想仅仅停留在回望的省略号中。

回望此处，省略一万个夭折的梦想

藏锋低垂处显露，落笔收起时昂头

一沙一世的游走，
穿过时空的尽头，
才能如约与你邂逅，
一方山水自清秀。

跋涉多少春和秋，
能懂所有的通透，
提点绿肥红瘦，
按捺雨疏风骤。

左右多少牵挂，
留白几许风流。

容颜不改，
往事悠悠，
刚好半次离愁。

一壶残酒，
谈笑江湖事，
忘却儿女忧。

一壶清欢，
添满相约的守候。

不也曾少年

点燃一支香烟照亮你的从前，
依稀相思涟涟。

醒时以梦为马，
醉后提灯看剑。

嬉笑泡影梦幻，
轮回因缘涅槃，
聚散海北天南，
不也如此这般，
来时山高水远，
共饮风轻云淡。

走到力所能及，
执手泪眼相看。

不也简单

岁月何曾老去，
无非留恋点点。

可有昔日重来，
我愿以吻封缄。

人生只如初见，
何来悲欣聚散；

人生只如初见，
随它悲欣聚散。

沧海桑田，已在彼岸

生旦净末，
即心是缘。

江湖道，
酒能喝出侠肝义胆。

铁血丹心，相聚不晚，
拈花一笑，欢欣可见。
酒里乾坤江山无限，
风花雪夜东风拂面。

期待着下一次举杯，
敬我们上一个十年。

畅饮一曲青春缠绵，
陈酿一坛，烟火人间。

我心光明
不染浓淡

个人的选择源于内心深处的真实与纯粹，
而非外界的浮华与诱惑，
在喧嚣中照见本心的刻度，
“我心光明”不是不染尘埃，
而是允许人生这杯茶中茶垢生长的笃定。

原来最坚定的选择，
从来不是对抗世界，
而是让内心的刻度，
永远忠于第一口茶的苦涩与回甘。

让我们活成没有遗憾的模样

A 面写满理想，
B 面总缺少一些阳光，
是守恒的能量，
用一点理想唏嘘忧伤。

曾经一起走过的幸福，
磕磕绊绊都是成长，
别忘了那一点理想，
有温暖的光亮，
有匆忙有慌张，
燃烧遗憾点亮希望。

仰望银河波澜荡漾，
向往大河大江，
让我们活成没有遗憾的模样。

生活在塔底，
或许意味着面对现实的琐碎与平凡，
但正是这些基础，
构成了人生的根基。

而爱情在塔尖，
象征着对美好情感的向往与追求，
它高于生活，
却又与生活紧密相连，
为人生增添了色彩与温度。

人生哪有绝对的塔底塔尖，
毕竟最好的选择，
从来不是奔赴某个高度，
而是保持内心的纯净与坚定，
勇敢追求属于自己的梦想。

生活在塔底，
爱情在塔尖，
相依天地外，
何必论凡仙

其实就这么几个人，组成世界的一大半

一年一岁一期盼，
如来如往如梦般。

形影做伴幸有你，
今生永远不孤单。

你在乎的人在身边，
在意我们的心相连。

被开心滤镜润色的选择，
让每个境遇都变成游乐场的彩蛋。

当我们把“必须赢”换成“玩得爽”，
每个选择都会自动生成开心代码，
毕竟游乐场的终极规则从来只有一条：
笑着通关，
才算没白买这张人生门票。

开心也意味着打开心门，
拓宽认知。

它鼓励我们跳出舒适区，
勇于尝试新事物，
接纳不同的观点与文化。

真正的开心，
不仅仅是表面的欢笑，
更是内心深处对生命的热爱与敬畏，
是对自我价值的肯定与追求。

笑着通关的人，
才不枉此行

它如蜕变的灵蛇，蜿蜒前行，于曲折中探索，于蜕皮中重生。它是自我的修行者，以柔为骨，以变为道，在不断的自我超越中，成就非凡。

我须菩提君需酒，何妨一醉半星辰

这世界五彩缤纷，
随波逐流任屈伸。

初来世间本有我，
处处福田处处寻。

过眼云烟皆成趣，
时时清醒时时浑。

六根本来逐六尘，
年华似水洗梦新。

欲捧春光趋面寒，
残秋冬雨半等身。

苦辣酸甜成四季，
姻缘离合岂由人。

悲欣交集也福报，
喜怒哀乐观自真。

谁是谁自己，谁是谁本尊

犹豫不决之时，

不妨来一次自我认知的深刻反思。

勇敢地面对自己的内心，

不再被外界的喧嚣与纷扰所迷惑，

而是深入探索自己的真实想法与感受。

当我们能够清晰地认识自己，

接纳自己的不完美，

同时也欣赏自己的独特之处时，

我们便找到了真正的“自己”与“本尊”，

活出了最真实、最自由的人生。

醒醒

山口有风感觉自西向东，
脚下的万丈深渊风情万种。

远处如屏好像画中有龙，
繁华的默不作声层次分明。

电闪雷鸣包裹风平浪静，
到处在蠢蠢欲动。

百废待兴这是什么情景，
这是什么在发生，
这是谁的领空，
这都是谁在操控。

定格生动，就看风景，
向前一步，回到梦中。

天助

我们有坚如磐石的风骨，
飞龙在天的气度，
众志成城开门户，
生生不息成沃土。

我们踏遍江河关渡，
举起山川寒暑。

我们执念新昌万物，
谈笑剑气诗书。

人生从没

“容易”或

每个选择

咬合的齿

有单纯的

“艰难”，

都是难易

论。

心未动境已迁，归来仍少年

鸽子不倦，
城墙阑珊，
时光可染，
意气飞天，
今夕何时，
又见圆满，
江山北望，
雁飞东南，
烛光笑脸，
那么美四月天。

驰骋大宇融圆，动静方寸之间

执子定江山，
多少人有缘，
对弈不须言。

擎智勇峰回路转，
驾长车勇往直前，
舍远虑威震隔山，
将相和同心共甘。

秦皇汉武你不要留恋，
唐宋元明哪里有当下的光鲜，
荣华富贵不过是瞬间转念。

趁年少惜光阴，
志存高远，
剑起舞心相惜，
执子忘言。

时空流转，再来一盘，
经纬无形自成线。

难易相成终有成

容易的路会消失，
难走的路会长根，
最难的选择，
往往是命运的伏笔。

人生从没有单纯的“容易”或“艰难”，
每个选择都是难易咬合的齿轮。

当我们在难易相成处站稳脚跟，
终会懂得：所谓“成”，
从来不是登顶的欢呼，
而是选择难走的路时，
鞋底沾着的泥土，
正在悄悄长成支撑生命的年轮。

水润天地宽

水润，
象征着柔和而坚韧的力量，
它滋养万物，
使大地生机勃勃，
宽广无垠。

心灵的成长从不是变得坚硬，
而是像水一样，
在遇冷时凝结成冰凌，
在逢春时融化成溪流。

当心灵学会像水一样接纳形状，
人生的沟壑自会流淌成江河。

那些曾以为过不去的坎，
终会在心灵的润泽下，
舒展成天地宽的坦途。

毕竟水至柔，却能穿石；
心至韧，自会逢生。

风华正茂，指点江山

不是非得站在镁光灯下才算改变世界，
你的每一次选择都在为未来投票。

别被“年轻人就该疯狂”的鸡汤绑架，
清醒的勇气比盲目的热血更珍贵；
也别困在“躺平最安全”的房子里，
你的每个微小行动都能掀起蝴蝶效应。

记住：
改变世界的从来不是完美的口号，
而是你选择创造而非消耗、传递善意而非冷漠、
忠于信念而非潮流的每个此刻。

你的江山，
正在这些具体而真实的选择里徐徐展开。

莫忘起步时的诺言

在未来每一个春天，
力挽狂澜发宏愿，
励精图治梦正圆，
披荆斩棘康庄路，
此生最爱是家园。

山水无恙，柳暗花明

山水从未许诺坦途，
却永远预留了转折的伏笔。

当你觉得山道盘旋没有尽头，
其实每块岩石都在默记你向上的足迹；
当迷雾吞没来时的路，
请相信柳枝抽芽的声响正在前方酝酿突围的密码。

此刻的迷途或许正是自然精心设计的留白，
为了让柳暗花明的顿悟来得更铿锵。

记住：
最壮丽的风景不在终点，
而在你决定把汗珠滴成溪流的那个瞬间。

恰好到好处，恰好美好缘

“恰好”是宇宙递来的温柔暗号，
不必深究背后的算法，
就像孩子拆开礼物时不追问包装技巧。

生活总在关键帧里藏好惊喜：
或许是转角书店亮起的暖光，
或许是输入法提前猜中的心事。

那些踩点抵达的缘分，
不过是世界在说：
我听见了你的心跳节拍。

允许自己享受这些微小奇迹，
因为每个“刚刚好”的瞬间，
都是时空在与你击掌共鸣。

坚守底线的锚点，
让信念不被现实轻易冲散；
保留感知的触角，
始终对世界保持好奇的温度；
梳理逻辑的路径，
让乱麻显露出清晰线头；
突破现实边界，
在限制中创造新可能。

当天真面临欺骗时，
智慧会启动防御机制；
当现实压迫理想时，
重构现实的魄力便破土而出。

你的坚持与变通、理性与感性，
终将在岁月磨砺中谱写出自洽的生命乐章。

一人心不渝，
一人总天真，
一人慧根生，
一人饰乾坤

一点灵犀
一诺金

一脉相传一宏愿，
一往情痴一丹心。

指月一念神物我，
无住一瞬去来今，
袖染山河皆入戏，
筏喻薪火共星辰。

愿读万卷书，
唱念千古云，
行过百转路，
究竟成一人。

绽放，就让未来为自己代言

我走过斗转星迁，
也放眼山高地远，
寻到这青春热土，
成为我不变依恋。

时间，
来到中国的高光时段。

幸福，
我们不能把韶光亏欠，
追赶，
在世界眼光里都实现。

万物生于念，一念一世界

人生从不是单线程的因果，
而是无数念头织就的网。

每个念头都是线头，
我们在选择的刹那轻轻一拉，
便展开了独属自己的世界。

在人生的旅途中，
每一个念头都如同种子，
孕育着未来的可能与现实。

每个“我选择这样想”都在重写“我是谁”的定义，
把握好自己的念头，
是把握人生方向的关键。

万物生于念，
不是唯心的呓语，
而是对生命创造性的庄严确认——
每个念头都是未完成的世界，
而我们永远握着改写剧本的笔。

竞合

并逐为竞，携手为合

竞争与合作如同硬币两面，
缺一不可。

良性竞争能激发潜能，
而真诚合作可突破边界。

真正的对手不是要击倒的对象，
而是帮助我们照见不足的镜子。

就像河流中的两股水流，
看似相互冲撞，
实则共同雕刻出更开阔的河道。

懂得在竞争中保留敬意，
在合作中保持锐气，
才是持续成长的终极智慧。

世界就像未开封的信件，
原本就藏着无数答案。

四季轮回的规律、植物生长的秘密，
早在我们理解之前就已存在。

科学家发现万有引力，
艺术家画出彩虹，
每个人的认识都像一盏灯，
照到哪里，
哪里的真相就会显现。

或许这就是探索的意义：
不是创造存在，
而是让存在的事物被看见和理解。

只要善于发现，
就能用好奇的眼睛和思考的心辨认出世界原有的模样。

一切早已存在，
只在你经过时显形

有意思

“有意思”是存在与认知的相视一笑。

春蚕吐丝本是无心之举，
孩童驻足观察时却成了生命课堂；
星体运行遵循冰冷公式，
但人类读出轨迹时宇宙便有了浪漫叙事。

每个“有意思”的瞬间，
都是世界借人之眼重新认识自己——
真相始终在场，
却要在被理解的刹那才绽放意义的光晕。

这恰是存在的温柔悖论：
万物不为意义而生，
却因被感知而有了心跳。

它是秋日里最锋利的镰刀，斩断枯枝败叶，开辟新径。它金戈铁马，锋芒毕露，以决绝的姿态，斩断过往，引领着变革与新生。

人生若无悔，那该多无趣啊

人生若如计算器般精准无误，
回忆便成了枯燥的加减法。

摔碎的存钱罐里蹦出第一笔零花钱的快乐，
错过末班车却撞见街角吉他手的即兴弹唱，
这些计划外的褶皱里往往藏着生活偷偷塞给我们的彩蛋。

正是这些未完成的逗号，
让时光的句子有了起伏的韵律——
遗憾不是人生的败笔，
而是命运特意留白的邀请函，
邀我们在回望时把缺角修补成独属于自己的星光图案。

只有存在的东西才会消失

消失恰是存在最温柔的证词。

春花凋落前必先盛放，
潮水退去正因曾漫过堤岸，
就连茶杯的裂纹也在诉说着被捧起的岁月。

万物遵循着永恒的守恒法则：
获得形态的瞬间，
就与时光签下归还的契约。

最动人的不是永恒，
而是存在与消逝的共舞。

接纳消逝并非妥协，
而是读懂世界写就的平衡诗篇：
唯有存在者才有资格退场，
正如唯有爱过的人懂得何为失去。

创造美的思考

所谓创造美，

不过是你递给世界的情书——

木匠凿出的刨花在晨光中起舞时，

他听见了年轮在唱树的史诗；

你给落日按下快门的瞬间，

云霞便从气象数据升格为黄昏的绝句。

就像海德格尔说的，

“存在需要被照亮”。

美的思考，

正是你举着心灯在万物褶皱中寻找光之裂缝的过程。

宇宙正借你的瞳孔重新认出自己，

让沉默的存在终于有了震颤的回声。

遗憾是生命的磨刀石，
它既教会我们接纳不完美，
又推着我们和缺陷较劲。

补过的茶杯带着金漆裂纹继续盛茶，
摔碎的花盆改种多肉反成风景。

生活最真实的模样，
往往藏在“算了”和“再试试”的拉锯战里：
承认有些缺口补不上，
却在其他裂缝里种出野花。

就像潮水退去时，
沙滩既留下贝壳也带走沙粒，
真正的智慧是捧着收获的，
同时继续弯腰寻找新的可能。

接受遗憾之美，
也要与残缺较劲儿

万物遵循
守恒法则
态的瞬间
光签下归

着永恒的

：获得形

，就与时

亙的契约。

做不被这个世界改变的自己

不被改变不是拒绝生长，

而是让每个新生的年轮都围绕最初的髓心旋转。

像河流裹挟泥沙却保持向海的矢志，

云朵变幻形态仍信守雨水的承诺，

真正的坚守是动态中的恒常。

改变与不变如同经线与纬线，

当你在交织中确保某个坐标始终对应星辰，

每次启航就都是螺旋上升的归途。

所谓自我，

不过是风暴眼中那粒始终垂直下落的雨滴。

打捞思想，最该被祝福

那些被“成熟”过滤的天真发问，
被“现实”修剪的疯狂假设，
都是你灵魂暗房里未显影的底片。

当你从记忆的深海里打捞出蒙尘的猜想，
其实是在打捞人类文明最初的星光。

毕竟，
第一个抬头数星星的人，
也曾被同伴嘲笑过“不切实际”。

下次遇见看似荒诞的思绪，
请像对待漂流瓶般轻轻旋开瓶塞，
谁知道里面会不会藏着改写认知海图的航海日志呢？

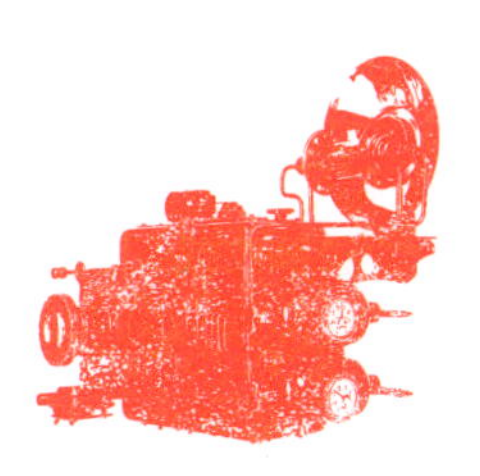

青春是资产，也可能是负债

时间是位慷慨的债主，
将青春作为信用额度赠予每个生命。

年轻的“本金”属性不在于胶原蛋白的厚度，
而在可能性的兑换率。

真正的负债也不是试错本身，
而是错把时间贴现率误认为永恒——
青春货币的贬值宿命恰恰成就了它的稀缺性。

当暮年清算时才会发现，
少年时在可能性银行存下的每个抉择，
终将在暮年的现金流量表里，
以皱纹或笑靥的形式完成跨期结算。

用一点理想稀释受伤

受伤时别急着捂住伤口，
要让理想的光透进来。

疼痛像滴入清水的墨汁，
与其拼命搅动，
不如静待它在时间中自然晕开。

那些深夜反复结痂的创口，
终会变成皮肤上最敏感的光感区——
当黎明刺破云层时，
它们比完好处更早感知温度。

不必恐惧疤痕增生，
每个微凸的痕迹都是身体自建的等高线，
标记着你曾翻越的山丘与即将奔赴的山巅。

好人的磁场自有其引力法则。

当根系在暗处达成矿物质与微生物的共生协议，
枝叶的舒展不过是自然选择的外显算式。

如同溪水不执着于冲开顽石，
只是保持流动的持久度，
鹅卵石终会在某个月夜自动圆润。

就像古树从不计算年轮的同心圆，
但每个春天萌发的新芽都精确对应着地下根脉的拓扑地图。

真正的良善，
是让自己成为候鸟无需校准的导航星，
而宇宙自会派发最匹配的季风。

人好，
自然一切都好

你会在烤蛋糕时等着看面粉自己变成戚风吗？

设计未来就像提前把鸡蛋、砂糖和面粉按比例搅匀。
别光盯着天气预报发愁，
现在就在窗台种下耐旱的太阳花种子。

真正的预言不是水晶球里的迷雾，
而是你手心正在揉捏的面团。

真正的预言家也不是在等天气预报，
而是在口袋里装满不同季节的种子，
顺便把雨伞改造成了太阳能充电宝。

预测未来最好的
方法是设计未来

过眼云烟 皆成趣

所谓过眼云烟，

实则是光阴开给我们的消费发票。

晨雾消散时把水汽赊给牵牛花当钻石，

暴雨截稿后让彩虹分期偿还视觉震撼。

真正的生活会计从不计算得失净值，

而是把每片消逝的晚霞都换算成情感储备金。

当你八十岁在藤椅上打盹，

睫毛会突然收到年轻时某片梧桐落叶寄来的复利，

提醒你所有流逝的事物都正在他处蓬勃生息。

时时清醒 时时混

生活像杯没搅匀的蜂蜜水，
总在通透与黏稠间摇晃。

聪明人懂得在精确与模糊间荡秋千——
允许茶凉时发会儿呆，
散步时数错路灯，
把待办清单折成纸船放进雨水沟。

那些突然断片儿的瞬间，
其实是大脑在给自己安装新插件。

清醒是导航仪，
混沌是探险模式，
真正的智慧在于接受两者轮流值班——
毕竟连大海都需要潮汐，
晴天与雾天才能拼出完整的年轮。

年华似水 洗梦新

时间最珍贵的馈赠，
在于帮我们筛出真正重要的东西。

那些被冲刷掉的，
往往是不切实际的幻想或过时的执念。

你会慢慢发现，
二十岁时焦虑的难题，
在三十岁的视角下不过是必经的台阶；
曾经以为破碎的梦想，
其实是为更适合的目标腾出空间。

所谓“洗梦新”，
是时间赋予的清醒剂。

它让我们在失去中学会分辨，
在遗憾里懂得珍惜，
把稚嫩的热望转化为持续前行的耐力。

喜怒哀乐观自真

喜怒哀乐并非情绪的分野，
而是同条光谱的波长振动。

所谓“观自真”，
是停止给情绪贴优劣标签，
转而倾听其传递的生存信号：
泪水的咸度在校准情感的比重，
笑纹的深度在标记成长的刻度。

真实不在于情绪的增减，
而在接纳其完整波动的曲线。

当台风与晴空都被视为大气的诚实表达，
人心的褶皱里自会升起气象万千的壮阔。

阅乾坤品经典成人

读万卷书是向历史借火，

行万里路是给当下淬金。

真正的“成人”发生在知识经纬线与现实摩擦生热的瞬间：

荷马史诗的海浪会突然拍打你谈判桌上的茶杯，

王阳明格过的竹子正在写字楼绿植盆里生长新节。

阅世不是单向输入，

而是用脚注挑战正文，

把地铁通勤变成逍遥游。

心诚养拙刚

慢慢来，比较快。

你看公园里打太极拳的大爷，

招式比谁都慢，

可脚下的砖缝里早被他踩出了包浆的光泽。

笨拙不是缺陷，

是给自己成长留足发酵空间——

当整个世界在狂奔，

你稳稳当当迈出的每一步，

都会在十年后的某个转角连成最踏实的路。

你的真诚和坚持，

会带你找到属于自己的光。

一分觉醒 若两人

某个瞬间的顿悟就像突然摸到灵魂的开关，
那些曾困住你的执念开始自行消解。

真正的觉醒不是换个人设，
是突然看清了所有选择的底牌——
当你能在泡茶时听见茶叶舒展的量子纠缠，
在挤地铁时感知到人群的心跳共振，
旧皮囊里就悄然住进了更辽阔的灵魂。

所谓脱胎换骨，
不过是某个刹那的灵光，
让万亿细胞突然同步了进化频率。

未来一切源真心

真心是未来世界最硬的通货。

程序员在代码里悄悄埋的祝福彩蛋，
老师批改作业时多写的那行波浪线，
都在给冷冰冰的科技打上人性补丁。

AI 能模仿外婆的拿手菜谱，
但复刻不了她偷偷少放盐时眨眼的狡黠。

别怕真心会被智能时代淘汰，
你看春天从不用大数据计算花开的位置——
所有真挚的情感，
早就在泥土里埋好了要发芽的种子。

守望最长情

守望是最低耗的长情模式。

早餐摊主三十年不变的油条定价里，
藏着对抗通胀的温柔算法；
老门卫每晚十点准时的钥匙串响动，
比任何智能安防都精准命中晚归者的安全感。

真正的守望不需要声呐定位，
它像苔藓吸附岩石般静默生长。

当整个城市在更新系统，
总有人用最笨拙却最真诚的频率接收你的所有信号。

它如寒冬中的一缕辛辣之风，刺骨而醒脑，淬炼着灵魂的坚韧。它是苦难的炼金术士，以痛为药，以苦为炉，将人生百味炼化成璀璨的黄金。

重启自我

此刻你睫毛上凝结的困惑，

正是昨夜月光与朝露谈判后遗留的露珠契约。

大胆点击“确认升级”吧，

那些卡顿的人生进度条，

会在你允许自己不完美的刹那，

突然流畅得像鲸鱼跃出海面划出的弧线。

你看，

连春蚕都懂得咬破自己织就的茧房，

你的每次重启不过是宇宙在练习用新的指纹，

解锁同一具身体里更浩瀚的版本。

开心明志 最开心

真正的开心是灵魂找到自身坐标时的共振频率。

当志向如北极星穿透认知迷雾，
每个追逐的脚印都会自动生成愉悦的等高线——
不是达成目标的奖赏，
而是确认生命航向时的本体性愉悦。

明志者的欢愉自带引力系统。
既不被他人期待的黑洞吞噬，
也不因际遇涨跌而潮汐锁定。

不是达成目标的奖赏，
而是确认生命航向时的本体性愉悦。

所谓至乐，
不过是灵魂在践行天命时发出的引力波，
它的振幅正在重新定义你与世界的接触面。

自由只有一个方向：那就是向上

自由从不只是平面维度的扩张，
而是伴随垂直生长的螺旋基因。

树木以年轮对抗重力编程，
每圈增生都在重写天空的访问权限。

飞鸟逆风振翅的每一帧，
都在更新空气动力学与野性的契约书。

所有向上的轨迹都暗含痛感，
如同种子顶裂地壳时的呐喊。

但正是这种垂直的倔强，
让是否自由不再是选择题，
而成为生命不可逆的呼吸方式。

以城为书，我们就一直生活在美好里

我们栖居的城是部永远待修订的活体书稿，

每个生活痕迹都是对初版的温柔修订。

真正的城市阅读者懂得参与共创：

拾起路边的烟蒂如同删除病句，

为盲道让路就是在调整行间距。

当晨光开始在城市天际线上连载最新章节，

我们早已活在未被装订的永恒美好里——

这里每处修改痕迹，

都是集体创作的深情落款。

生活在有趣处升华

真正的升华不需要宏大叙事，

它躲在撕错日历却拼出新月份拼图的指尖，

藏在把洗衣液泡泡看作微型极光的晾晒时刻。

那些看似无用的趣味像素，

正悄悄拼贴你精神的万花筒。

当生活被观测成游乐场的量子态，

每个日常动作都自带隐藏关卡——

你看那外卖骑手车筐里颠簸的汤面，

早已超越物理位移，

成了城市脉动的液态诗行。

我们执笔书写人生时，
总在偷偷改写世界这本大书的注脚。

作为作者，
我们给生活添加的脚注总会溢出预设边距；
而作为读者，
世界又不断篡改我们的叙事。

在这永恒的读写循环中，
最精妙的悖论在于：
当我们在人生扉页郑重签下姓名时，
墨水早已渗入世界书脊的缝隙，
成为他人章节里若隐若现的底纹。

每个灵魂都在这样的相互注解中，
完成对存在主义的接力书写。

我们每个人都是：
人生的作者，
世界的读者

那些焦虑
和“万一
你自己给
的枷锁。

的“如果”

，其实是

未来套上

未来之路在脚下

你认真对待的每个今天，

都在为明天自动铺路。

那些焦虑的“如果”和“万一”，

其实是你自己给未来套上的枷锁。

别怕脚印被雨水冲淡，

大地记得每粒种子的坐标。

你只管走，

时光自会把你带往该去的方向。

所有你真心浇灌的此刻，

都会在某个清晨突然开花。

孤独是最大的自由

孤独不是牢笼，
而是卸下社会人格面具后的真空舱——
在这里，
你终于能听见骨骼拔节的声音，
触摸到灵魂真实的纹路。

那些被迫合群时消失的棱角，
会在独处的寂静中重新结晶。

像深海鱼自带发光器，
孤独者拥有内源性的光芒系统：
不必迎合他人的照明标准，
自己就是完整的光谱。

站在美的原点，守望爱的边缘

美的原点处，
万物尚未被意义切割成碎片。

爱与美的关系恰似莫比乌斯环——
我们既在环内守护纯粹，
又在环外触碰永恒，
每个转身都让边界与中心互换经纬。

季风年复一年登陆又撤退，
正如守望者在靠近时完成了远离。

真正的美从不需要抵达，
它存在于凝视时睫毛扇动的气流中，
那里悬停着所有可能的爱意形态。

漫有引力，延可生新

当社会竞速撕裂时间的纤维，
留守自我节奏便成为存在的艺术。

那些敢于滞后于时代节拍的人，
实则在编织更致密的生命经纬。

每个延迟的回应里，
都暗藏重新校准认知坐标的密钥。

当你在加速度中感到眩晕，
不妨让重力暂时失效——
宇宙从不惩罚走得慢的星体，
只淘汰失去自转节奏的灵魂。

真正的黎明，
永远诞生于敢于让时钟停摆的勇气里。

美好应有尽有，隐患应无尽无

在生活的舞台上，
“美好应有尽有”，
是我们真切的追求与向往。

从清晨温柔的阳光，
到家人的欢声笑语，
再到个人梦想的逐步实现，
处处彰显着生活的美妙。

同时，
我们也渴望隐患无处遁形，
没有健康之忧，
远离意外灾祸，
避开人际龃龉。

愿带着这样一种积极的愿景，
督促我们用心经营生活，
主动预防风险，
为自己营造一个安稳且美好的人生环境。

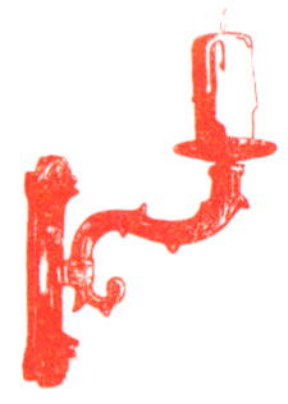

你是否曾在黑暗隧道中摸爬滚打，

理性的手电筒反复照射出路却一无所获？

乐观恰似洞穴深处突然亮起的火把，

照亮的不是现实的出口，

而是内心的勇气。

当理性沦为恐惧的计算器，

心里只想“我一定能行”，

一头扎进困境里，

无惧风雨。

说不定，

再坚持一下，

转机就来了。

有时，盲目乐观
是最好的品质

瞻前顾后，当下未来

“瞻前顾后，当下未来”不是畏缩不前的借口，
而是智者的导航仪。

它提醒我们既要像考古学家般审视历史经验，
又要如预言家般洞察未来趋势，
更要以短跑运动员的姿态把握当下。

真正的智慧不在于纠结“先看哪头”，
而在于把过去的沉淀、未来的期许都化作此刻的坚定步履，
让每个当下都成为连接时空的黄金节点。

思考绿洲

你是否曾在信息洪流中感到窒息?

“思考绿洲”恰似沙漠中隐秘的清泉,
是喧嚣世界里独属于思想的世外桃源。

这个精神栖息地容不得数据的喧嚣,
拒绝功利的丈量,
却能让思维的根系穿透现实的岩层,
汲取永恒的智慧之泉。

在算法统治的时代,
守护这片绿洲,
就是守护人类超越物质世界的灵性之光,
让文明的火种永远在纯粹思考的高原上燃烧。

以远见造未见

真正的远见从不是对未来的算计，
而是让生命与宇宙的韵律全频共振，
在当下播撒永恒的种子。

真正的远见者总能劈开时间的岩层，
将未来的微光锻造成现实的火种。

这超越时代的洞察力，
不仅需要科学的严谨，
更需要诗人般的狂想。

当你在深夜为理想辗转反侧时，
不妨想想：
此刻心中的微光，
或许正是某个平行时空里的现实。

成为完备的自己

真正的完备者像敦煌文书里的抄经生，
既书写工整的佛经，
又在卷尾留下稚拙的涂鸦——
他们接纳人性的复杂光谱。

达·芬奇解剖人体时的精确笔触，
与《蒙娜丽莎》神秘微笑的完美融合，
正是理性与感性的终极和解。

人生最动人的修炼，
或许就藏在这种对“未完成状态”的坦然中：
我们永远在趋近完整，
却永远保持开放的姿态。

让想象裂变

想象的裂变不需要惊天动地。

有人把短视频特效玩成新艺术流派，
有人把科幻设定变成现实科技。

就像牛顿被苹果砸中时的“如果”，
这些微小的灵感碎片，
最终会拼出改变世界的蓝图。

毕竟，
人类文明的进步，
本质上就是一场永不停歇的头脑风暴，
每个荒诞的念头里，
都藏着未来世界的种子。

仿佛

这个词语的吊诡之美，
正在于它用不确定的语言框架，
构建起通向真理的虹桥。

它既容纳万物，
又不执着于任一具象。

当我们被困在非此即彼的认知牢笼时，
“仿佛”的智慧恰似醍醐灌顶：
真理从来不在确定的答案里，
而在不确定的叩问中。

“仿佛”二字拆开，
是“仿”的临摹与“佛”的觉照，
在汉字的基因里早埋下禅意——
世尊在菩提树下观见的“诸法无我”，
恰是最深刻的“仿佛”：
诸法如露如电，
我们却在近似的光影里，
触摸永恒的衣角。

人生大有，应无尽无

真正的“大有”，
是破除“应有所得”的执念。

人生的“大有”从不在占有多少，
而在破除多少“应该”的藩篱。

当我们卸下“必须成功”的铠甲，
拆掉“应该完美”的围墙，
生命自会在“应无尽无”的留白里，
生长出比欲望更辽阔的宇宙。

毕竟，
真正的无碍，
是允许戈壁长出绿洲，
也允许沙漠保持荒芜，
在天地的坦然中，
照见自己本自具足的“大有”。

当生命与天地同频呼吸，
障与碍不过是心湖泛起的涟漪，
而湖底自有万顷碧波涌动不息。

它乃浩瀚沧海，包容万物，潮起潮落，顺应自然。它是智慧的化身，以水为形，纳百川于胸，于无声处听惊雷，展现着宇宙般的广阔与深邃。

集者大成

“集”，不仅是简单地收集与整理，

更是一种深度学习与内化，

是将他人的智慧与经验转化为自己的养分。

而“大成”，

则不仅仅是外在的成就，

更是内在的自洽与和谐，

是知识与经验在内心深处的融会贯通。

“集者大成”从不是量的堆砌，

而是质的蜕变。

当我们学会把别人的长处熬成自己的年轮，

那些吸收的智慧终将在时光里发酵，

而是让所有遇见，

都成为自我完成的注脚。

心高致远

"心高致远"不是成功学的口号，
而是生命的呼吸节奏。

在不确定之时，不妨突破自我，
别被眼前的困难与挫折所束缚。

真正的致远，
从不是奔赴某个终点，
而是让高远的心性在泥泞里长出根系。

就像苏轼在《定风波》里写的，
"归去，也无风雨也无晴"，
心高者的远方，
是无论身处何方，
都能把当下活成诗。

致远的本质，
是心高者用脚步丈量理想，
让每个脚印都成为通往星空的阶梯。

人本身是一个容器

在人生的旅途中，
我们不断面对选择，
而每一次选择都会带来相应的后果。

这个“容器”，
便是我们内心世界的写照，
它宽广而深邃，
能够容纳并消化这些选择的后果。

无论好坏，
都是对我们容器的一次填充与塑造。

最动人的容器，
不是完美无缺的瓷器，
而是带着生活刻痕的粗陶，
在接纳万种滋味后，
养出属于自己的包浆。

新想事成

新想事成的真谛，
从来不是追逐潮流，
而是给每个转身找到新的支点。

当我们学会把“我不会”换成“试试看”，
每个新想法都是时光的嫁接刀，
让老树在春天抽出不属于过去的枝丫。

毕竟，
人生最动人的“事成”，
不是抵达某个新终点，
而是始终保持让旧故事长出新芽的勇气。

不如跳出舒适区，
勇于尝试与创新，
为人生增添无限可能。

不如跳出
勇于尝试
为人生
可能。

舒适区，

与创新，

添无限

在一瞬间，连接整个宇宙

一瞬间的想法，

如同一道闪电划破夜空，

照亮了前行之路，

彻底改变了我们的世界。

而自我的宇宙，

从来不是固定的星球，

而是无数瞬间念头碰撞出的璀璨星尘。

正是这些看似微不足道的瞬间，

构成了我们人生的重要转折点，

让我们在不经意间实现了自我超越。

何不用当下的这一瞬间连接全新的宇宙呢?

守拙致广大，见道尽精微

守拙不是固执，
而是在看似笨拙的等待里，
长出抵御无常的韧性。

人生最辽阔的境界，
从来藏在不肯偷懒的笨拙里，
最深刻的道理，
都在弯腰才能看见的细节中。

当我们学会在速朽的时代里慢慢走，
在琐碎的日常里细细品，
那些被嘲笑的“笨功夫”，
终将在时光里长成支撑生命的梁柱，
让每个平凡的日子，
都成为通往天地的针眼。

每日，为生活开局

最好的重新开始，

从来不在某个特别的日子，

而在每个愿意醒来的清晨，

我们对自己说“再来一次”的勇气。

在这个全新的开始里，

我们有机会放下过去的遗憾与疲惫，

重新调整心态，

迎接新的挑战与机遇。

每一天都是一个新的起点，

它赋予了我们重新开始的勇气和力量，

让我们有机会去修正错误，

书写人生之书的新一页。

与灵魂共舞

在我们面临选择、犹豫不决之时，
往往容易迷失于外界的纷扰与喧嚣，
忽略了内心最真实的声音。

此时，
不妨静下心来，
叩问自己的灵魂。

灵魂，
是我们内心深处最纯净、最真挚的存在，
与灵魂共舞，
从来发生在放下大脑的喧嚣，
让身体的记忆开口说话的瞬间。

那些我们以为的迷茫，
不过是灵魂在等待被听见的暗号。

转念，理想成真

在面对困境与挫折时，
转念意味着从另一个角度看待问题，
发现隐藏在困境中的机遇与挑战。

它让我们不再局限于当前的困境，
而是敢于跳出思维定式，
用全新的视角审视生活。

在绝境的折痕里摸到命运的纹路，
理想便不再是远方的灯塔，
而是此刻转念时，
从指缝漏出的光。

毕竟，
真正的理想成真，
从来不是达成预设的目标，
而是在每个“山重水复”的转角。

在这个宇宙的宏大织锦中，

一切早已存在，

静静地等待着被发现。

灵魂的欲望早把“针线”刻进基因，

只等生活的刀锋划开表皮，

让宿命的纹路显现。

当我们学会在焦虑时倾听身体的记忆，

在迷茫中触摸灵魂的纹路，

便会看见：

所有的显形，

都是灵魂的欲望穿越时空的接应，

而我们，

始终走在早已写好的星图里，

只是需要经过时，

让光落进眼中。

听听内心的声音，

跟随灵魂的欲望前行。

一切早已存在，
只在你经过时显形

成为见多识广的世界公民

尊重差异，

理解多样性，

并在这种尊重和理解中，

逐渐找到自己的定位和价值。

唯有如此，

我们人生的每个十字路口，

都会变成连接世界的经纬线——

原来世界公民不是身份，

是一种选择的姿态：

永远向陌生的故事敞开，

让他人的经历成为自己的年轮，

让选择在开放语境中重新呼吸。

敦煌壁画的飞天，
在唐代匠人眼里是极乐，
在灭佛者眼中是妖孽，
真理的成色，
从来取决于谁握着定义的棱镜。

那些曾以为坚如磐石的是非，
不过是不同时空的光影游戏。

世界的真相从来不是非此即彼的判决，
而是允许“谬论”与“真理”在生命的土壤里，
共生出更辽阔的真实。

面对眼前遭遇，
不妨不断反思和质疑自己的认知框架，
接纳世界在是非之外的呼吸。

有时黑白都是幻影，
真理谬论共生真实

生活而已

所有选择的重量，
不过是生活撒下的盐。

生活而已，
不过是用每一天的烟火，
把每个选择腌成岁月的味道。

不必过于纠结于每一个选择完美与否，
因为生活本身就是一场旅程，
重要的是我们如何享受过程，
如何从中学习和成长。

所有选择终将溶解于日子的咸淡，
而我们将在烟火气中获得本真的重量。

未来的生活源于今日的塑造

未来从不是突然降临的风暴，
而是今日选择的光合作用。

未来的生活，
其实就掌握在今日自己的手中，
选择从来都不是线性因果，
而是生命质地的持续锻造，
每个瞬间都在为未来的自己塑形。

那些以为“无关紧要”的选择，
实则是生命的年轮，
每一道刻痕都在说：
你今天怎么捏陶土，
未来就会是什么形状。

读不懂的世界 独懂你

世界把我们的灵魂碎片，
藏在最不起眼的褶皱里。

毕竟，
世界从不会真正懂谁，
它只是一面镜子，
等着我们在瞬间，
看见自己藏了半生的温柔。

世界的不可读性恰是自我的留白，
那些“独懂”的瞬间，
不过是灵魂与自己的久别重逢。

当我们在某个深夜的触碰里，
或许就能理解眼下的境况，
因为遇见了被岁月掩埋的自己。

无想象，非未来

“无想象，非未来”不是鸡汤，
是生命的本能。

苏轼被贬黄州时，
在破庙的墙缝里发现青苔。

他想象这些卑微的绿意是昆仑山上的仙草，
于是《卜算子》的墨痕里，
长出了“拣尽寒枝”的孤傲。

看似无用的幻想，
实则是未来在当下预埋的种子。
毕竟，
人类最伟大的创造，
都始于某个“不可能”的想象，
就像青苔相信自己能触摸星空，
最终覆盖了整面历史的墙。

凡人皆不凡

平凡中的不平凡，
每个人的独特价值。

无论置身于何种艰难或平凡的境遇之中，
我们都蕴藏着改变现状、开创价值的无穷潜能。

宇宙的宏大叙事，
从来由无数个“凡人们”的针脚织就，
那些被忽视的日常，
正是神明写下的，
关于不凡的密语。

任何时候，请相信，
正是我们这些凡人，
铸就了不凡。

『务虚』很近，『务实』很远

务虚，是对理想、梦想的追求，
它让我们的心灵得以飞翔，
赋予生活以意义与色彩；
而务实，
则是脚踏实地，
面对现实的挑战与责任，
它让我们的步伐更加坚定，
确保梦想能够落地生根。

人生最珍贵的务实，
是给虚无的时光加盐，
让每个当下都长出超越功利的滋味。

毕竟，
最远的远方不在别处，
而在我们愿意停下来，
凝视当下瞬间。

有梦固然重要，
开始行动才能离它更近。

世界由事件构成

世界由无数事件交织而成，
如同人生的织锦，
每一根丝线都承载着独特的经历与意义，
看似离散的碎片，
实则是生命的经纬线。

每个事件都在时光里长出新的年轮，
让我们在某个触摸、某种气味、某次疼痛中，
突然看见：
原来自己早已被无数个“当时只道是寻常”的瞬间，
编织成了独一无二的存在。

人生的真相是事件的永恒重构，
每个瞬间都在重写“我是谁”的答案。

它是无声细雨，滋养万物，于静谧中孕育生机。它如大地深处的根系，默默扎根，以坚韧不拔之志，等待着春雷的唤醒，开启新一轮的生命轮回。

用笑声的快门定格我们的纯真

笑声是时光的快门，
定格的从来不是某个年龄，
而是灵魂拒绝世故的瞬间。

纯真不是幼稚者的特权，
是历经沧桑后，
依然愿意为一些细碎的事物动心的勇气。

纯真从未消失，
只是藏在每个愿意笑的褶皱里。

在成长的路上，
或许我们会遇到挫折与困惑，
但那些定格在笑声中的纯真瞬间，
总能给予我们力量，
提醒我们不忘初心。

每个人的生活，只能自己给出答案

每个人的生活，
如同一本独特的书，
其中的章节、情节乃至结局，
都只能由自己亲手书写。

生活的真谛与意义，
并非外界所能赋予，
而是源于内心的探索与体验。

每个人的答案都是私人订制的摩斯密码，
能定义我们的从来不是社会的标准答案，
而是那些被嘲笑“没用”的坚持，
在时光里长成只属于自己的生命纹路。

守拙见心

守拙的本质是允许心以自己的节奏显影，
在笨拙的褶皱里照见真正的自我。

在这个快节奏、高压力的社会里，
我们往往被外在的喧嚣所迷惑，
忽略了内心的声音。

而“守拙”，
就是要求我们放下那些不必要的装饰与伪装，
回归到最原始、最纯粹的自我状态。
心从不是抽象的存在，
最真实的自我，
从来不是精明计算的产物，
而是笨拙坚守时，
从指缝渗出的带着体温的光。

所有缝隙都是视角的邀请函。

生活中的缝隙，
可能是困难、挫折，
也可能是我们自身的不足与缺陷，
但正是这些看似不完美的存在，
为改变与成长提供了可能。

当我们把“缺陷”读作“光的介绍信”，
把“错误”看成“灵魂的侧门”，
生活的每个裂缝都会变成棱镜。

毕竟，
换个角度的瞬间，
我们终于看见：
原来光从未离开，
它只是在等我们把裂缝当作仰望星空的天窗。

一切皆有缝隙，
那是光进来的地方

发出声音，听到永恒

真正的永恒，
藏在敢于不听从喧嚣的寂静里。

只有敢于听从内心的声音，
勇于表达真实的自我，
才能让声音穿越时空，
留下永恒的印记。

在人生的旅途中，
我们时常面临选择与挑战，
而真正的力量，
不在于外界的评价与认可，
而在于内心的坚定与真实。

那些被听见的内心，
从来不会消散，
它们只是换了个方式，
在他人的共鸣里成为永恒的回声。

那些曾以

终将在观

中，　显形

二的生命

的绝境，

念的显影

为独一无

谱。

守拙见道 必大成

在人生的道路上，
面对纷繁复杂的外界诱惑与挑战，
坚守内心的质朴与纯真，
不被世俗的浮华所迷惑，
是通往“道”的必经之路。

那些被视作“无用”的坚持，
实则是“道”的具身化。

“道”，不仅指宇宙万物的本质规律，
更是个体生命的意义与价值所在。

“道”从来不在远方，
它藏在每个拒绝捷径的坚守里，
等着我们用一生的笨拙，
把它磨成照亮灵魂的光。

唯有坚守本心，以拙见道，
方能走到我们幻想中的彼岸。

拓宽观念的疆域，重塑精神的光谱

拓宽认知不是知识的堆砌，
而是认知框架的解构与重组，
就像敦煌壁画的画工混用胡汉颜料，
真正的精神光谱，
诞生于打破“我者”与“他者”的边界。

以更加开放、多元的视角审视世界，
发现生活的无限可能。

毕竟，
精神光谱不是非此即彼的单色，
而是允许所有文明的光在认知褶皱里，
织就超越性的虹。

观念塑造人生

我们的每一个决策、每一次行动，
背后都隐藏着特定的观念驱动。

我们如何解读遭遇，
就会如何雕刻人生。

观念的刻刀从不在外部世界，
而在我们赋予经历的意义。

那些曾以为的绝境，
终将在观念的显影中，
显形为独一无二的生命图谱。

每个遭遇都成为显影自我的暗房，
最终在时光里洗出属于我们自己的生命底片。

人生最潮是清欢

清欢，

则是一种超脱物质、回归本真的生活态度，

它强调的是心灵的宁静与淡泊。

在清欢的状态下，

我们不再被外界的纷扰所左右，

而是学会在简单中寻找快乐，

在平凡中领悟生活的真谛。

当潮来潮去，

那些在粗粝生活中守住本味的人，

才是真正的弄潮儿。

不也青春
不也潮

青春，

常被视作活力、激情与梦想的代名词，

而“潮”则寓意着流行、前卫与变化。

然而，

那些被岁月沉淀的，

恰恰是最先锋的青春宣言：

不被定义，永远发酵，

在时光的褶皱里，

静看潮水的涨与退。

青春是持续创造的本能，

潮是自我表达的勇气。

年龄只是容器，

青春的潮水永远在自我更新的裂缝里奔涌。

青春在理想丰满处定格

当世界催促我们“成熟”，
那些被嘲笑“不切实际”的坚持，
正是青春最饱满的颗粒。

毕竟，
真正的青春从不是胶原蛋白的盛宴，
而是理想在时光里显影的过程，
每一次为信念停留的刹那，
都是给未来的自己，
埋下永不褪色的青春底片。

青春的永恒性，
在于它不在过去，
而在每个为理想驻足的当下。

以世界滋养生活

“以世界滋养生活”不是浪漫主义，
是生命的本能。

人类最深刻的成长，
从来发生在与世界的摩擦中，
就像种子在石缝里听见春天，
我们在他人的故事里，
照见自己持续升华的灵魂。

在这个广阔的世界中，
每一处风景、每一段经历、每一个遇见，
都是滋养我们内心世界的宝贵资源。

而滋养的本质是生命与世界的共振，
每个外界的触动都是内心成长的催化剂。

众生皆苦，力润苍生

在认识到“众生皆苦”的同时，
我们应怀揣一颗慈悲之心，
尽力去温暖与帮助他人，
这便是“力润苍生”的真谛。

“力润苍生”从不是英雄主义，
而苦难的重量，
在看见他人的瞬间化作润生的光。

苦海的对岸不在远方，
在每个愿意弯腰的瞬间，
在我们掌心相触的温度里。

人和近天意，地利因人心

“人和”强调的是人与人之间的和谐与合作，
当我们的思想与行为顺应自然与社会的规律时，
便仿佛与天意相近，
更容易获得支持与成功。

而“地利”，
并不单纯指地理位置的优势，
更在于如何以积极的心态去利用和创造环境的有利条件。

人心向善、积极向上，
能够转化周遭的不利为有利，
生活自会充满机遇与可能。

风起时，心不扬波

当外界的声音、变化如同风起云涌，
不断冲击我们的感官与心灵时，
真正的强者能够坚守内心的信念与原则，
不为外界所动。

“心不扬波”不是心如止水，
是像茶罐允许裂缝存在，
让岁月的沉淀在其中生长。

那些不被理解的“固执”，
终将在时光里结晶成心的定海神针，
让每个风起的瞬间，
都成为照见坚守的镜子。

风起云涌，我心自定，
方能行稳致远。

人生智慧在于在有限中寻找无限，
同时认识责任的边界，
唯有此刻，
有限的肉身便联结了无限的意义。

毕竟，
敦煌壁画的飞天不是画在整面墙上，
而是在方寸岩壁上，
用有限的朱砂，
画出了超越时空的永恒。

人生的终极可能——
在有限的时间里，
刻下无限的精神星图，
在有限责任里，
长出的无限宇宙。

有限责任的无限可能，
无限责任的有限能力

当外界的节奏越来越快，

信息如潮水般涌来，

往往会忽略内心的声音与深度思考的价值。

“慢下来交谈”，

则意味着我们需要为心灵留一片宁静的空间，

进行一点慢思考。

当 ChatGPT 用 0.1 秒生成完美回答，

我们更需要在桌边进行一次 15 分钟慢谈，

让语言重新沾满生活的茶香，

让交谈不再是信息的交换，

而是灵魂在慢时光里的彼此显影。

慢一点，再慢一点。

我们要在一个慢下来的世界里交谈

我的孤独是一座花园

视角转换的刹那，

孤独便成了花园。

当我们把“被抛弃”的刺痛看成仙人掌的绒毛，

把“无人懂”的寂寥育成苔藓的绒毯，

把“被遗忘”的空白种成蒲公英的约定。

孤独便不再是牢笼，

而是允许灵魂肆意生长的秘密花园。

毕竟，

在独处的时光里，

我们的内心得以耕耘，

思绪如同花园中的花朵，

那些被视作“荒芜”的时刻，

从来都是生命最丰饶的花期。

当“遍体鳞伤”被读作“生命的凿痕”，
“疼痛”被译成“翅膀生长的痛”，
世界的捶打便成了一种羽化仪式。

那些曾以为的毁灭，
不过是灵魂在黑暗中，
为自己锻造翅膀时，
溅出的火星。

凤凰的每片羽毛都带着火焰的伤痕，
而我们的翅膀，
从来都是从伤口的裂缝里，
在逆境中展翅高飞。

世界让我遍体鳞伤，
但伤口长出翅膀

图书在版编目（CIP）数据

拙见 / 田延友著. -- 北京 : 中国大百科全书出版社, 2025. -- ISBN 978-7-5202-1933-4

Ⅰ. I227

中国国家版本馆 CIP 数据核字第 2025YW5636 号

出 版 人	刘祚臣
项目总监	刘 嘉
策 划	冯 然
责任编辑	冯 然
封面设计	今亮后声
责任印制	李宝丰
出版发行	中国大百科全书出版社
地 址	北京市阜成门北大街 17 号
邮 编	100037
网 址	http://www.ecph.com.cn
印 刷	北京市白帆印务有限公司
开 本	787 毫米 × 1092 毫米 1/32
字 数	150 千字
印 张	13.5
版 次	2025 年 6 月第 1 版
印 次	2025 年 6 月第 1 次印刷
定 价	98.00 元